OVERLORD

Original Story:
Kugane Maruyama

Art:
Hugin Miyama

Character Design:
so-bin

Szenario:
Satoshi Oshio

Episode:18

OVERLORD

Original Story:
Kugane Maruyama

Art:
Hugin Miyama

OVERLORD

6

Original Story:
Kugane Maruyama

Art:
Hugin Miyama

Character Design:
so-bin

Comic Szenario:
Satoshi Oshio

Momonga, die Hauptfigur dieser Geschichte, war ein Spieler des einst beliebten DMMO-RPGs »Yggdrasil«, in dem er die Rolle des Gildenmeisters von »Ainz Ooal Gown« ausübte, einer der mächtigsten Gilden im Spiel. Aber am Tag des Serverendes wurde Momonga mit seiner Gilde in eine fremde Welt katapultiert, wo er den Namen Ainz annahm. Er hatte die Hoffnung, dass er auf diese Weise vielleicht die ebenso in diese Welt transferierten Gildenmitglieder würde finden können. Um irgendwann mit seinen alten Kameraden wiedervereint zu werden, begann er mit der Eroberung der fremden Welt.

Um Informationen über die neue Welt zu sammeln, schickte Ainz seine Untergebene Shalltear aus.

Dabei stieß sie auf eine mysteriöse Gruppe, die im Besitz eines Weltgegenstands war, mit dem sie das Gehirn der Vampirin unter

WIR WERDEN NICHT KÄMPFEN, UM ZU STERBEN ...

WIR KÄMPFEN, UM ZU SIEGEN!

WENN WIR SIE-GEN, WIRD DAS ALL UNSERE PROBLEME LÖSEN.

ihre Kontrolle brachte. Daraufhin stellt sich Ainz Shalltear im direkten Kampf. Obwohl sie mit Glaubens-magie eindeutig im Vorteil gegen den Untoten war, konnte er durch seine langjährigen Erfahrungen beim »Spieler gegen Spieler« und den Waf-fen seiner Gildenkameraden siegen. Shalltear wurde danach wiederbelebt und konnte so von der Fremdbestim-mung befreit werden.

Danach begann Ainz damit, Nazarick gegen die Besitzer des Weltgegenstands zu be-festigen. Dafür wollte er starke Untote kreieren und schickte seinen Unterge-benen Cocytus aus, um die Echsenmenschen untertan zu machen. Bevor dieser

jedoch angriff, schickte er ihnen eine Warnung.

Nach Erhalt dieser Warnung beschloss ein Männchen namens Zaryusu, vom Stamm der Grünklauen und gleichzeitig Besitzer von Frostschmerz, einem der vier Schätze, sich ge-gen den unbekannten Feind zu wappnen. Im Wissen, dass die Stämme der Echsenmen-schen sich würden verbünden müssen, um eine Chance zu haben, brach er zum Stamm der Rotaugen auf. Dort hatte er ein schicksalhaftes Treffen mit Crusch, einer Albino-

schönheit und Vertreterin des Häupt-lings, in die er sich sofort verliebte. Crusch hatte zunächst Zweifel, doch dann ging sie mit Zaryusu auf Reise, um die Echsenmenschen zu vereinen. Als Nächstes besuchten die beiden den Stamm der Drachenkiefer. Zenberu, der Häuptling dieses Stammes, forder-te Zaryusu zum Duell heraus.

Zum gleichen Zeitpunkt hatte Aura den Bau der Basis abgeschlossen, und somit war auch Cocytus mit seinen Vorbereitungen fertig.

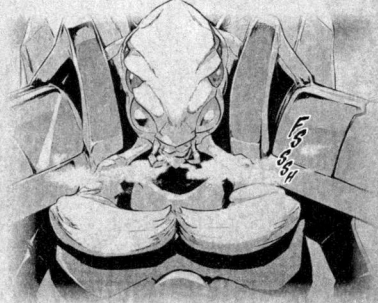

WOOOH

SEINE
MUSKELN
SIND SO
HEISS...

REIB

WÜRGH!

9

DU SCHENKST MIR, JEMANDEM AUS EINEM ANDEREN STAMM, DEINEN SEGEN?

DEINE VORFAHREN MÜSSEN SEHR GROSSHERZIG GEWESEN SEIN, CRUSCH.

WAS IST?

JA, ÄHM... DAS IST EIN GLÜCKS- RITUAL.

ÄH?!

WEIL ICH NICHT WILL, DASS IHM ETWAS PAS- SIERT?

DRÜCK

WARUM MÖCHTE ICH NICHT...

... DASS ZARYUSU JETZT KÄMPFT?

WO

BRABBEL

OH

DAS IST ALSO FROST-SCHMERZ...

EINST SOLL SIE DEM HÄUPT-LING DER SCHARFKLIN-GEN GEHÖRT HABEN...

VER-STAN-DEN.

VERSUCH RUHIG, MICH ZU TÖTEN!

JA, DANN LASSE ICH DEIN WEIBCHEN UNBE-SCHADET ZIEHEN!

DOCH WENN ICH STERBEN SOLLTE...

SO EINEN KÄMPFER WIE DICH TRIFFT MAN NICHT OFT...

DABEI WILLST DU DAS DOCH, ODER?

SIE IST NOCH NICHT MEIN.

ALS WÜRDE ICH DICH CRUSCH ANSEHEN LASSEN!

KICHER KICHER

(////)

TOLL, ODER?

WENN ICH DICH BESIEGE, WERDE ICH ABER IHR GESICHT ANSEHEN.

NA DANN...

... GEWINN EINFACH!

Seine Körperkraft ist beeindruckend...
... aber eigentlich müsste Zenberu gezielter angreifen.
Kämpft er etwa nicht ernsthaft?
Was ist los?
Willst du die Kraft von Frostschmerz nicht entfesseln?
Einst habe ich...
... schon einmal gegen den Besitzer von Frostschmerz verloren.
Seitdem ist meine Hand so.
Wenn du wie er die Kraft entfesseln würdest, könntest du vielleicht gewinnen, oder?
In der Tat ist diese Kraft mächtig...
... aber die Anzahl der Aktvierungen ist begrenzt.
Ich darf sie nicht verschwenden.

»Eisen-
haut«!

... FROST-
SCHMERZ,
AB!

DAMIT
WEHRE ICH
SOGAR EINEN
DER VIER
SCHÄTZE...

ICH HABE
NUR KLEINE-
RE VERLET-
ZUNGEN...

VIELLEICHT
LIEGT DAS
AM SEGEN
VON CRUSCH.

Z
A
R
Y
U
S
U
...

ICH HABE VERLOREN!

BRABBEL BRABBEL BRABBEL

LASS MICH ZUMINDEST HEILMAGIE WIRKEN!

DAS SIND KEINE LEBENSGE-FÄHRLICHEN VERLETZUN-GEN.

ALLES IN ORD-NUNG?

DANKE.

RASCHEL

DREH

TRAPPEL

DU BIST SO HÜBSCH ...

WA...?!

PATSCH

LÄCHEL

DAS MACH ICH DOCH GERNE!

WILLST DU JETZT REDEN?

MEIN ARM FRIERT GLEICH EIN!

HUSCH

ENT-SCHUL-DIGT, DASS ICH EUER KLEINES TÊTE-À-TÊTE STÖRE.

KANNST DU MICH AUCH HEI-LEN, WEISS-HÄUTIGE?

GRINS

NEIN!

VORHER...

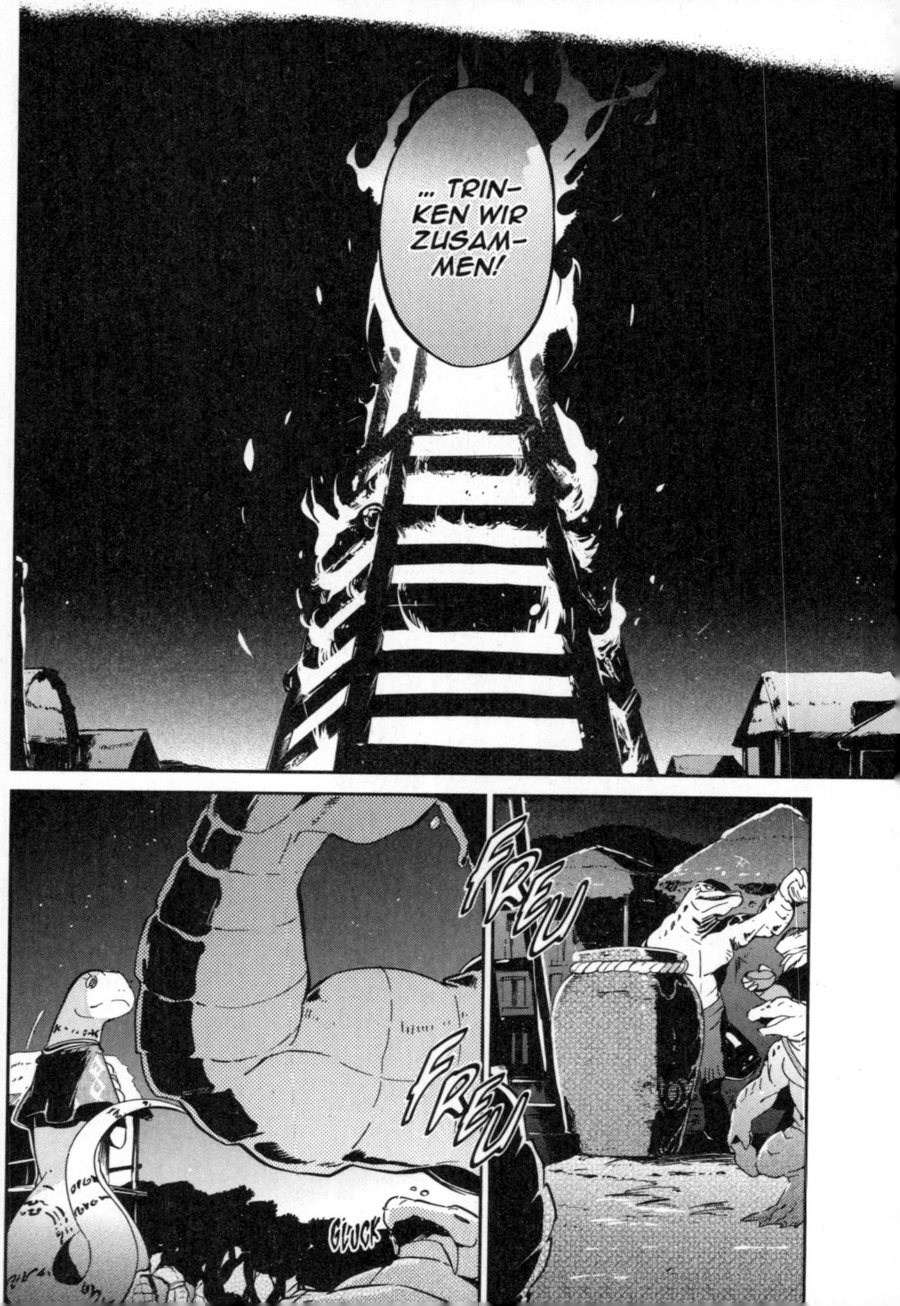
... TRINKEN WIR ZUSAMMEN!
FREU
FREU
GLUCK

VIELEN DANK NOCH MAL, PFLANZENMONSTER!

WIE LANGE WILLST DU MICH SO NENNEN?

WERDET IHR EUCH MIT UNS VERBÜNDEN UND KÄMPFEN?

ICH HATTE VON VORNHEREIN VOR ZU KÄMPFEN!

FÜRS ERSTE SCHON.

SEID IHR FERTIG MIT REDEN?

WOSCH

ICH GING AUF REISEN, UM STÄRKER ZU WERDEN...

DOCH ES WAR EIN SCHOCK, GEGEN DEN EHEMALIGEN BESITZER VON FROSTSCHMERZ ZU VERLIEREN.

WA HA HA!

DU LIEBST DAS KÄMPFEN WOHL SEHR...

ES IST MIR PEINLICH, WENN DU MICH SO LOBST!

EIN ZWERG, DEN ICH AUF DEM WEG TRAF...

... BRACHTE MIR DIE LEHREN DER MÖNCHE BEI.

DAS ERKLÄRT EINIGES...

...

TJA, ABER ICH HABE GEGEN DICH VERLOREN...

WILLST DU AN MEINER STELLE HÄUPTLING WERDEN?

NEIN, ICH VERZICHTE.

DAS WEISS ICH NICHT.

ABER...

ABER... DER FEIND IST NACHLÄSSIG.

... KÖNNEN WIR MIT DEINEM PLAN GEWINNEN?

ERINNERST DU DICH AN DIE WORTE DES MONSTERS?

TUT MIR LEID, ABER DA HAB ICH GESCHLAFEN.

WENN WIR DAS AUSNUTZEN, KÖNNEN WIR VIELLEICHT SIEGREICH SEIN.

WAS MEINST DU DAMIT?

TSS...

ALSO SCHAUT DER GEGNER AUF UNS HERAB.

DAS HEISST, DASS ER EINE GEWALTIGE KAMPFSTÄRKE HAT.

»VERSUCHT, EUCH ZU WEHREN«...

DAS HAT ES GESAGT.

WIR VERSAMMELN DIE FÜNF STÄMME...

... BEREITEN UNS HIER VOR UND ZEIGEN IHM DIE GANZE KRAFT, DIE WIR HABEN!

ABER WIR WERDEN SEINEN PLAN ZUNICHTEMACHEN!

SAG MAL, ZARYUSU ...

GUT. DAS IST SCHÖN EINFACH ZU VERSTEHEN.

ICH WEISS, DASS EINE EVAKUIERUNG SCHWIERIG WÄRE, ABER ...

... AUCH WENN WIR DAMIT FREIHEITEN VERLIEREN WÜRDEN, HÄTTEN WIR NOCH UNSER LEBEN...

...

HÖRST DU SIE...

... DIE STIMMEN DER LEUTE?

ENDLICH KÖNNEN WIR ALLE FRIEDLICH LEBEN...

DAS DARF NICHT WIEDER ZERSTÖRT WERDEN!

GUT, DASS DU ZURÜCK BIST, BRUDER!

SCHWANK

...

WAS IST DAS FÜR EIN PFLANZENMONSTER?

ICH HABE MICH IN DIESES WEIBCHEN VERLIEBT.

TAPP

ICH BIN CRUSCH LULU, DIE VERTRETERIN DES HÄUPTLINGS DER ROTAUGEN.

OHO.

DABEI MEINTEST DU, DASS DU NIEMALS HEIRATEN WÜRDEST...

ICH BIN ZENBERU GUGU UND MOMENTAN HÄUPTLING DER DRACHENKIEFER.

WIE AUCH IMMER, ICH BIN SHASRYU SHASHA, DER HÄUPTLING DER GRÜNKLAUEN.

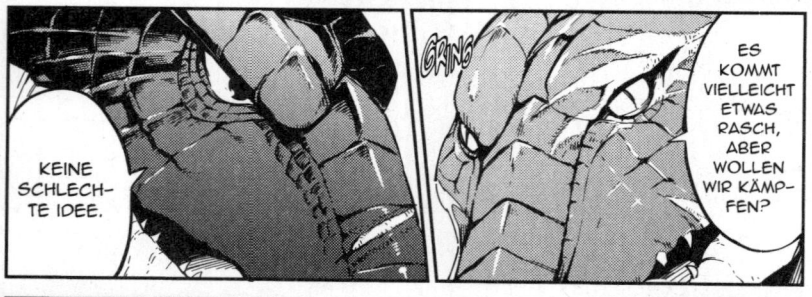

KEINE SCHLECHTE IDEE.

GRING

ES KOMMT VIELLEICHT ETWAS RASCH, ABER WOLLEN WIR KÄMPFEN?

ABER...

NACHDEM WIR MEHR ÜBER DEN FEIND ERFAHREN HABEN, IST IMMER NOCH ZEIT, ODER?

... DIE KUNDSCHAFTER KOMMEN GERADE WIEDER...

SKELETTE UND ZOMBIES... ES IST EINE UNTOTENARMEE.

WIE SIND DIE EINHEITEN AUFGEBAUT?

ES GAB AUCH EIN GEWALTIGES MONSTER, DAS AUS EINEM...

ANSCHEINEND BESTEHT SIE AUS MENSCHENLEICHEN.

KÖNNEN WIR SIE ÜBERRUMPELN UND ZUERST ANGREIFEN?

... FLEISCHKLUMPEN BESTAND. ABER OB DAS DER BOSS IST...?

DANN BEREITEN WIR UNS AUF EINEN BELAGERUNGSKAMPF VOR?

WIR KÖNNEN IHN DORT NUR SCHWER ANGREIFEN.

DER GEGNER HAT AUF EINER ABGEHOLZTEN FLÄCHE IM WALD SEIN LAGER AUFGESCHLAGEN.

VERTEIDIGEN SEIN SCHWIERIG...

BODEN NICHT FEST.

SCHUTZMAUERN... LEICHT ZU ZERSTÖREN.

Häuptling der »Messerschwänze«

WIR MÜSSEN DIE MÖGLICHKEIT EINES BELAGE-RUNGSKAMPFES ÜBERDENKEN.

DANN MÜSSEN WIR DOCH ANGREIFEN, ODER?

ES MUSS NUR JEDER VON UNS DREI ODER VIER VON DENEN ERLEDIGEN, ODER?

WIR VOM STAMM DER ROTAUGEN WERDEN DIE WÄNDE VER-STÄRKEN!

UND WAS IST, WENN VERSTÄR-KUNG KOMMT?

DANN FEHLT NOCH EIN BAU, VON WO AUS MAN BEFEHLE GE-BEN KANN...

WIR SOLLTEN EINE SONDER-TRUPPE AUS HÄUPTLINGEN AUFSTELLEN!

EINE SONDERTRUPPE?!

EINE ELITEEINHEIT?

ABER WAS IST DANN MIT UNSERER FÜHRUNG?

DESWEGEN SOLLTEN WIR MIT ALLER MACHT VERSUCHEN, DEN FEINDLICHEN ANFÜHRER ZU ERLEDIGEN.

DIE ZAHL DER FEINDE IST GROSS.

UND WENN DIE SONDEREINHEIT ZURÜCKBLEIBT...

...

... UND DIE TRUPPEN BEFEHLIGT, BIS DIE FÜHRUNG DES FEINDES GEFUNDEN WURDE?

NEIN... WIR SOLLTEN ZWEI EINHEITEN BILDEN.

EINE ZIELT AUF DIE GEGNERISCHE FÜHRUNG UND DIE ANDERE VERTEIDIGT.

KLINGT NICHT SCHLECHT.

ZUSAMMEN MIT ZARYUSU WÜRDE DIESE SONDEREINHEIT AUS SECHS KÄMPFERN BESTEHEN.

... WÜRDEN WIR DREI...

DANN...

... SOWIE ZARYUSU UND SEINE BEIDEN HÄUPTLINGE WOHL DIE BESTEN EINHEITEN BILDEN.

MACHT DAS BITTE SO!

OJE...

SCHLAMM?

WIR ERRICHTEN MAUERN AUS SCHLAMM.

MAUERN AUS SCHLAMM HALTEN MEHR DRUCK STAND, ALS MAN DENKT. DOCH SIE WERDEN LEICHT DURCH REGEN ZERSTÖRT.

NICHTS. ICH FRAGTE MICH NUR, WAS DU MACHST...

ZARYUSU, WAS GIBT ES DENN?

RASCHEL

RASCHEL

ICH WOLLTE SIE NUR SEHEN...

KRUNCH
KRUNCH
KRUNCH

DAS IST DOCH...

!

AUCH DIE ROTAUGEN HABEN IHRE BARRIKADEN ERRICHTET...

DIE SEILE SIND GELOCKERT, DAMIT SIE VON SCHNEIDWAF-FEN SCHWERER DURCHTRENNT WERDEN KÖNNEN.

ICH VERSTEHE...

MEIN BRUDER IST STARK. WENN ER RITUALE ANWENDET, KANN ER SOGAR MICH BESIEGEN.

VERLIERT ER, SCHADET DAS DER MORAL.

ABER DEIN BRU-DER IST DER ANFÜHRER.

ZENBERU LIESS NICHT LOCKER UND WOLLTE UNBE-DINGT GEGEN MEINEN BRUDER KÄMPFEN...

EINE SACHE LÄSST MIR ABER KEINE RUHE...

DANN IST ES JA GUT...

CRUSCH...

42

ICH WEISS, WAS DU DENKST, ZARYUSU.

DAS BEDEUTET...

SCHLIESS-LICH HAT ER UNS ABSICHTLICH ZEITPUNKT UND REIHEN-FOLGE DER ANGRIFFE VERRATEN.

WAS, WENN DER FEIND VOR-HERGESEHEN HAT, DASS WIR UNS ZU EINEM BÜNDNIS ZUSAMMEN-SCHLIESSEN?

ABER... SOLLTEN WIR NICHT ERST KÄMPFEN?

DANACH KÖNNEN WIR IMMER NOCH ÜBER DAS SCHLIMMSTE NACHDENKEN.

ICH MACHE MIR AUCH SORGEN.

BESTIMMT MACHE ICH MIR ÄHN-LICH VIELE GEDANKEN WIE DU.

... WIE ALLE STÄMME DER ECHSENMEN-SCHEN...

... PLÖTZLICH AUF EIN ZIEL HINARBEITEN KÖNNEN!

AUCH WENN WIR GEWIN-NEN, GIBT DER FEIND VIELLEICHT NICHT AUF.

DAS MAG SEIN, ABER SIEH DOCH...

ICH WEISS ZWAR NICHT, WAS DANACH SEIN WIRD...

VIELLEICHT KOMMT BALD EINE ZEIT, IN DER UNSE-RE ART SICH NICHT MEHR GEGENSEITIG TÖTEN MUSS.

... ABER DAS SEHEN WIR, SOBALD DIESE SCHLACHT GE-SCHLAGEN IST.

WIR WERDEN GEWINNEN, ZARYUSU!

CRUSCH...

DU BIST WIRKLICH EIN TOLLES WEIBCHEN.

DRÜCK

SOBALD DER KAMPF ENTSCHIEDEN IST...

... ER-WARTE ICH EINE ANTWORT VON DIR.

JA, ICH WEISS, ZARYUSU!

Unter den im großen Sumpf ansässigen Echsenmenschen gibt es vier Gegenstände, die als die »vier Großen Schätze« bezeichnet werden. Es handelt sich dabei um magische Gegenstände mit bestimmten Kräften, die über die Generationen weitervererbt wurden.

Frostschmerz

Diese Waffe soll aus dem Eis eines Sees geschnitzt worden sein, der niemals hätte zufrieren können. Die Schneide teilt sich in drei Teile auf und wird zur Spitze hin immer schärfer.

Die Waffe ist ohnehin schon mächtig, doch besitzt sie, wie der Name Frostschmerz verrät, darüber hinaus noch drei Sonderfähigkeiten, die mit Kälte in Verbindung stehen. Erstens erleiden angegriffene Gegner Kälteschaden.

Zweitens kann man dreimal pro Tag die Sonderfähigkeit »Eisiger Stoß« aktivieren. Und drittens verleiht die Waffe dem Träger Schutz gegen Kälte.

Einst wurde diese Waffe vom Häuptling der Scharfklingen geführt, doch als Zaryusu ihn besiegte, ging die Waffe an ihn und ist seitdem ein Zeichen seiner Stärke.

Das Große Weingefäß

Ein magisches Gefäß im Besitz der »Drachenkiefer«, bei denen Zerberu Häuptling ist. Das Gefäß ist über einen Meter hoch und hat einen Umfang von 80 cm. Es ist stets mit Wein gefüllt. Da man aus dem Großen Weingefäß unendliche Mengen Wein schöpfen kann und Wein unter den Echsenmenschen als sehr kostbar angesehen wird, gilt es für sie als unersetzlicher Schatz.

Für Menschengaumen mag der Wein aus dem Gefäß nicht sehr wohlschmeckend sein, aber für die Echsenmenschen gibt es nichts Köstlicheres. Insbesondere wenn Besucher vorbeikommen, wird dieser Schatz hervorgeholt.

Knochen des Weißdrachen

Dies ist eine magische Rüstung, die aus den Knochen eines Frostdrachen hergestellt wurde, der einst im Azerlisiagebirge wohnte. Allein die Tatsache, dass man Drachenknochen bei der Herstellung verwendet, verleiht einer Rüstung aber keine magische Kraft, weshalb Gerüchte besagen, dass die Rüstung verwunschen worden sein soll, um sie damit auszustatten.

Die Gerüchte rühren auch daher, dass die Intelligenz desjenigen stark verringert wird, der die Rüstung anlegt. Im Austausch erhält man allerdings einen widerstandsfähigeren Körper. Zwar verleiht die Rüstung intelligenten Echsenmenschen eine schier unfassbare Stärke, aber auch wenn man die Rüstung wieder ablegt, erhält man seine eigentliche Geisteskraft nicht mehr zurück.

Der derzeitige Besitzer der Rüstung ist der Häuptling der Messerschwänze. Er war einst berühmt für seine Intelligenz, doch durch die Auswirkungen der Rüstung ist sie stark gesunken. Dafür ist seine Stärke enorm gestiegen, weshalb er selbst einen Treffer von Frostschmerz einfach abprallen lassen könnte.

WUSCH

ICH BIN GE-KOMMEN, MIR DAS LAGER AN-ZUSEHEN!

Episode:10
OVERLORD

AUSSER-
DEM HABE ICH
≫NACHRICHT≪-
SCHRIFTROLLEN
VON FÜRST
AINZ DABEI!

WUSCH

ICH
DACHTE,
NAZARICK
WÜRDEN
LANG-
SAM DIE
RESERVEN
AUSGEHEN
...

IST DAS...
SCHAFS-
LEDER?

DANK
DEMIURGS
FORSCHUNGEN
HABEN WIR
UNSER LAGER
WIEDER AUF-
GEFÜLLT.

ER HAT
ABER DARUM
GEBETEN, ÜBER
EVENTUELLE
PROBLEME
INFORMIERT
ZU WERDEN.

ACH
JA? VER-
STANDEN.

FÜR DIE FÜHRUNG AN DER FRONT...

... HABE ICH FÜR DICH EINEN AHNENLICH ERSTELLT.

... ZUMINDEST BIS ZUM ENDE...

ABER VERSUCHE, IHN MÖGLICHST AUFZUSPAREN...

VERSUCHE DICH, SO GUT DU KANNST, AUF DEINE ENTSCHEIDUNGEN ZU VERLASSEN!

VERBEUG

NA GUT. ICH WERDE DANN MAL...

NEIN...

GEHST DU ETWA?

52

ICH WER-
DE MIT
EIGENEN
AUGEN
MITAN-
SEHEN...

... WIE
DIESE
SCHLACHT
AUSGEHT!

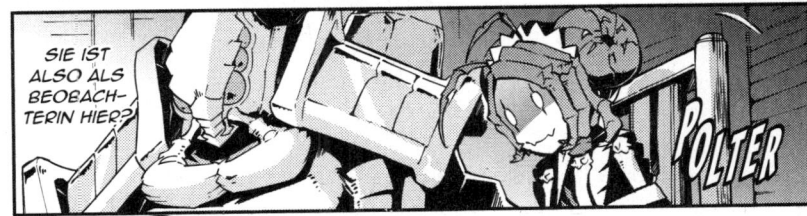

SIE IST
ALSO ALS
BEOBACH-
TERIN HIER?

POLTER

GUT...

WUSCH

DANN
SCHAU
GENAU
HER!

BRABBEL!
BRABBEL!
BRABBEL!

HÖRT HER...

... ALLE MEINE ECHSEN-MENSCHEN-FREUNDE!

ZUM ERSTEN MAL IN DER GESCHICH-TE HABEN DIE FÜNF STÄMME EIN BÜNDNIS GESCHLOS-SEN...

HIER UND JETZT SIND WIR EIN EINZIGER STAMM!

ICH GEBE ZU, DASS DER FEIND ZAHL-REICH IST ...

ABER WIR MÜSSEN UNS NICHT FÜRCHTEN!

WIR MÜSSEN DIE ECHSENMENSCHEN WOHL NEU BEWERTEN.

WIE IST DIE LAGE AN DER FRONT?

ANSCHEINEND WURDEN SCHON FÜNFHUNDERT SKELETTE BESIEGT!

"... UNTOTE KENNEN WEDER SCHMERZ NOCH ERSCHÖPFUNG...

ABER...

WIE LANGE KÖNNEN DIE ECHSENMENSCHEN DAS DURCHHALTEN?

MEISTER COCYTUS...

SCHIEL

SOLLEN DIE BOGEN-SCHÜTZEN UND DIE KAVALLERIE EINGESETZT WERDEN?

VIELLEICHT SOLLTE DAS DORF EINGE-KESSELT UND SO AUS-GELÖSCHT WERDEN...

SOLLTEN WIR NICHT LIE-BER WARTEN, BIS DER FEIND ERSCHÖPFT IST?

...

KRITZEL

KRITZEL

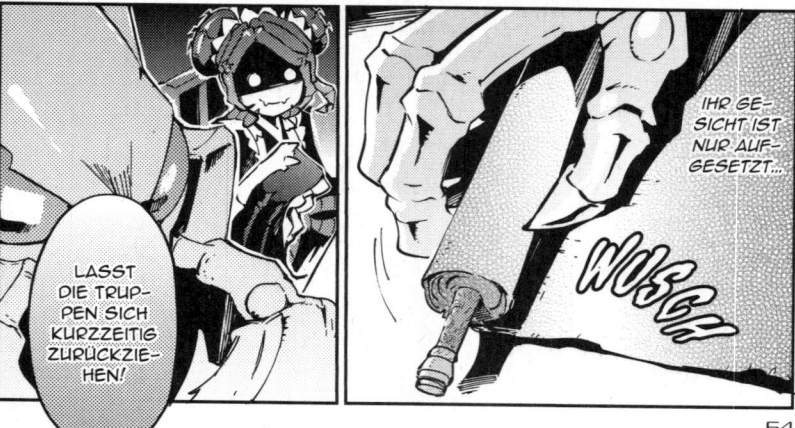

LASST DIE TRUP-PEN SICH KURZZEITIG ZURÜCKZIE-HEN!

IHR GE-SICHT IST NUR AUF-GESETZT...

WOSCH

WOOOOO

WIR WERDEN DIE LAGE BEOBACH-TEN...

H

HABEN SIE UNS UNTER-SCHÄTZT?

DIE ZOMBIES HABEN SICH AUCH SELTSAM VERHALTEN ...

FAST SO ALS WÜRDEN SIE NUR AUF UNS REAGIE-REN.

SIE HABEN WEDER BO-GENSCHÜTZEN NOCH KAVALLE-RIE ANGREIFEN LASSEN.

STILLE

SOLANGE ER KEINE BEFEHLE GIBT...

... KÖNNEN DIESE NIEDEREN UNTOTEN GAR NICHT ANDERS REAGIEREN.

KANN ES SEIN...

... DASS DER BEFEHLSGEBER NICHT IN DER NÄHE IST?

KNIRSCH

HABEN DIE UNS DERART UNTERSCHÄTZT?!

WIE BITTE?

DANN SIND DAS NUR MARIONETTEN?

UND WIE LÄUFT ES MIT DEM RITUAL?

ÄH JA...

BERUHIGT EUCH, BRÜDER!

ES IST ZU UNSEREM VORTEIL, WENN DER FEIND UNACHTSAM WAR.

HM.

WAS MAN MIT ZUSAMMENHALT ALLES ERREICHEN KANN...

CRUSCH HAT VÖLLIG RECHT.

DIE ANDEREN STÄMME VEREINEN GERADE IHRE RITUELLE KRAFT...

... DAHER SOLLTE ES SCHNELLER GEHEN.

HMPF...

KICHER

ICH AUCH, ZARYUSU.

NEIN, ES IST NICHT DIE ZEIT DAFÜR...

... ABER ICH BIN SO GLÜCKLICH.

STIMMT IRGENDETWAS NICHT?

HEISS!

STIMMT...

HM... SO JUNG MÖCHTE ICH AUCH NOCH MAL SEIN...

SURR

WUMM

BRÜDER!

DIE KAVALLERIE HAT SICH IN BEWEGUNG GESETZT!

WUSCH

REIN-
GEFAL-
LEN!

FLOMP

BOBOBOBOMM

EINE
FALLE?

NA
DANN...

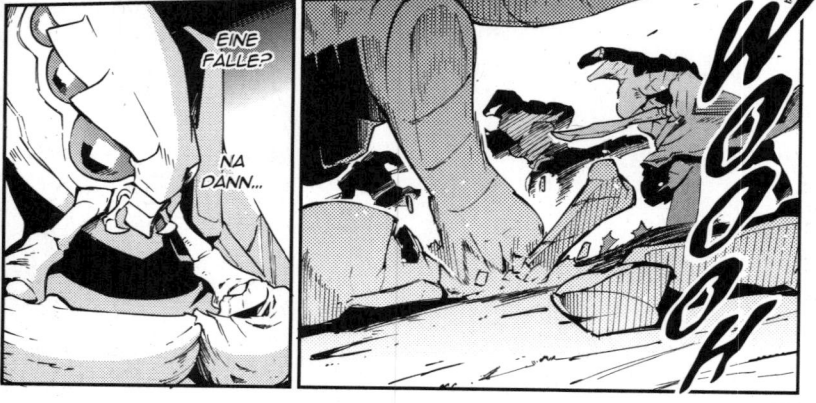

WOOOH

Schickt die untoten Bestien los!!

WAMM

POMM

URGH...

WUSCH

OHO...

IST DAS
DIE KRAFT
UNSERER
DRUIDEN
?!

SIE SCHEINEN IN BEDRÄNGNIS ZU SEIN.

ALLES OKAY?

ICH HABE DA NOCH EINEN TRUMPF...

DASS DIE ECHSENMENSCHEN SO STARK SEIN WÜRDEN...

WIR VERLIEREN!

FSSSSH

ABER WENN ICH IHN EINSETZEN WÜRDE...

...KÄME DAS EINER NIEDERLAGE GLEICH...

WUSCH

Demiurg?

So ist es, mein Freund.

Warum hast du mir eine »Nachricht« geschickt?

Ich benötige dein Wissen...

Demiurg... Was genau meinst du damit?

Wünscht Fürst Ainz sich denn einen Sieg?

Ich darf die Ehre des Erhabenen nicht beschmutzen...

Ich darf hier nicht verlieren!

Aber...

... Fürst Ainz hat befohlen, dass ich nur mit den gegebenen Truppen siegen soll!

STIMMT... DARÜBER HAB ICH MICH AUCH GEWUNDERT.

Zombies, Skelette und untote Bestien...

Hast du mal darüber nachgedacht, warum Fürst Ainz dir so niedrigstufige Untote gegeben hat?

... am wichtigsten ist für Fürst Ainz...

... welches Ergebnis dabei herauskommt, oder nicht?

Also muss ich mich an die Befehle halten...

... aber ...

Cocytus. Ich schätze, wie treu du an deinem Ehrenkodex festhältst...

Hast du vor dem Angriff die Truppen der Echsenmenschen untersucht?

Hättest du vorher Informationen über sie gesammelt, hättest du vielleicht gesehen, dass man sie mit deinen Truppen nicht besiegen kann.

... unsere Ziele, auf welchem Weg auch immer, zu erreichen?

Ist es nicht unsere Aufgabe...

Kann es sein ...

Hat Fürst Ainz...

... mir absichtlich Truppen gegeben, mit denen ich nicht gewinnen kann?!

Die Wahrscheinlichkeit ist sehr hoch.

Hättest du die Schwäche deiner Truppen bemerkt, hättest du vorher nach Verstärkung verlangen können.

VERSUCHE DICH, SO GUT DU KANNST, AUF DEINE ENTSCHEIDUNGEN ZU VERLASSEN!

... dass du alleine denken und handeln sollst?

Hat Fürst Ainz sich nicht gewünscht...

Tja, vielleicht wollte er auch noch etwas anderes, aber...

...

SOLLTEN DIESE WORTE... MIR DAS SAGEN?

DRÜCK

!IST MIR JEMAND IN DIE QUERE -GEKOM- MEN?

SCHIEL

Cocytus, es tut mir leid, aber ich muss dringend etwas erledigen!

Ich wünsche dir viel Erfolg.

Was ist los?

PAMM

PAMM

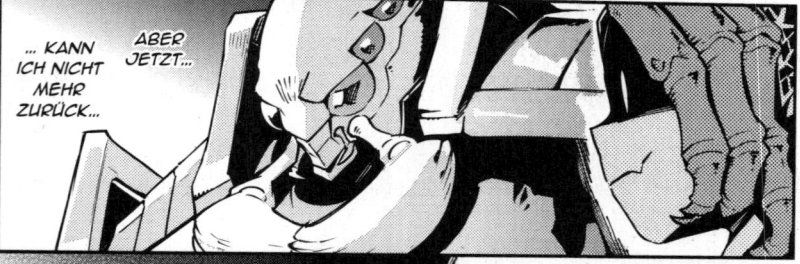

... KANN ICH NICHT MEHR ZURÜCK...

ABER JETZT...

Ich erteile dem Ahnenlich und Truppenführer einen Befehl...

WU BGH

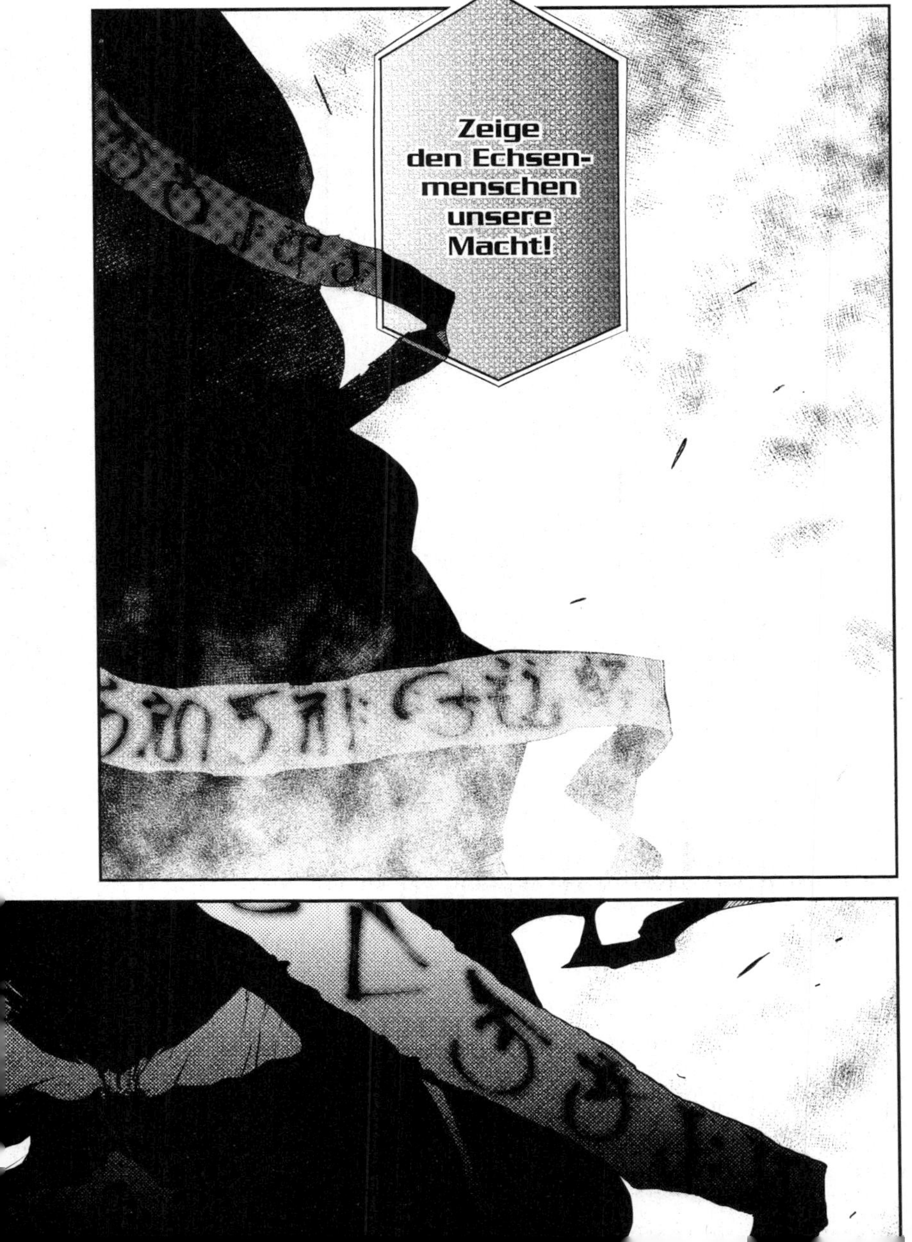

Zeige den Echsen-menschen unsere Macht!

Ein Ahnenlich kann nicht nur niedere Untote steuern, sondern verfügt darüber hinaus auch über mächtige Magie. In Yggdrasil war dies eine Klasse unter der des Overlords. Auch Ainz war einst ein Ahnenlich gewesen.

Besonderheiten

Niedere Untote besitzen keinen Willen und führen nur wiederholt die erteilten Befehle aus. Ahnenlichs hingegen besitzen ausreichend Intelligenz und können so niederen Untoten Befehle erteilen. Während niedere Untote ohne Rücksicht Lebewesen angreifen, können Ahnenlichs mit Lebewesen verhandeln oder gar zusammenarbeiten.

Im Kampf benutzen Ahnenlichs Angriffsmagie wie »Feuerball« oder »Blitz«, können jedoch mit »Untote beschwören – Klasse 4« auch weitere niedere Untote in den Kampf rufen oder verschiedene andere Magie wirken. Zusätzlich besitzen sie eine passive Fähigkeit, mit der sie Gegnern Negativschaden zufügen können. Sie verfügen also über vielfältige Möglichkeiten.

Auf der anderen Seite sind ihre körperlichen Werte nicht besonders hoch und sie sind deshalb im Nahkampf im Nachteil. Aus diesem Grund haben Ahnenlichspieler normalerweise Blutfleischhünen als Schutz in ihrer Nähe.

Interpretative Notizen
des Overlords
Erklärungen Kapitel 21

Ahnenlich

死者の大魔法使い
エルダーリッチ

Erwerb und Entwicklung

In Yggdrasil konnte man, von einem Skelettmagier ausgehend, diese Klasse freischalten. Für den Klassenwechsel wurde ein besonderer Gegenstand namens »Totenbuch« benötigt.

Iguva-41 jedoch wurde von Ainz durch ein besonderes Ritual direkt als Ahnenlich erzeugt.

Stärken

Ein Ahnenlich kann einem Overlord zwar nicht das Wasser reichen, im Kampf sollten sie für eine Heldengruppe auf Platinrang aber dennoch eine Herausforderung darstellen. Normale Helden haben hingegen überhaupt keine Chance gegen sie.

Zwar sollte man den Nahkampf gegen einen Ahnenlich suchen, doch durch die ständigen »Feuerbälle« und »Blitze« ist es ungemein schwer, sich ihm zu nähern, weshalb man sich vor dem Kampf eine passende Strategie ausdenken sollte. Obwohl es natürlich sofort einleuchtet, dass man einen Kampf, auf den man sich ausreichend vorbereitet hat und vor dem man Informationen gesammelt hat, um einiges leichter gewinnen kann.

WOOOH...

Episode 20
OVERLORD

ER HAT DEN SUMPF-ELEMENTAR...

... MIT EINEM SCHLAG AUSGE-LÖSCHT?!

SCHLACHTET DIESE ECH-SENMENSCHEN AB!

WUMM

WUSCH

WOH

LAUFT SCHNELL WEG!

ABER...

ER IST EINE GANZ ANDERE KLAS- SE VON GEGNER ALS DIE BISHERI- GEN!

LAUFT ZURÜCK UND SCHIL- DERT DEN HÄUPTLIN- GEN UND ZARYUSU DIE LAGE!

ZACK

WIR WERDEN EUCH ET-WAS ZEIT VER-SCHAF-FEN!

SELBST ...

... WENN WIR DABEI UNSERE LEBEN LASSEN SOLL-TEN!

WIR HALTEN EINEN ABSTAND ZUEINANDER EIN, DAMIT WIR NICHT ALLE AUF EINEN SCHLAG BESIEGT WERDEN KÖN-NEN...

NICK

92

BROOMM

ACH SO...

DANN SIND DIE TRUPPEN-HÄUPTLIN-GE ALSO...

...FÜR ALLE ANDEREN...

JA...

UNSER MOMENT IST GEKOMMEN!

ABER WIE SOLLEN WIR UNS IHM NÄHERN?

HÖCHST-WAHR-SCHEIN-LICH IST ES SO.

INSBESONDE-RE DA ER DEN SUMPFELE-MENTAR MIT EINEM SCHLAG AUSLÖSCHEN KONNTE...

DAS IST WAHR-SCHEINLICH DER RECHTE ARM DIESES ERHABE-NEN...

ENTWEDER DER ANFÜHRER DER FEINDLI-CHEN ARMEE... ODER NUR IHR TRUMPF.

KÖNNEN WIR UNS MIT DER KRAFT DER DRUIDEN NÄHERN?

WAS MACHEN WIR GEGEN FEUERBÄLLE, DIE ÜBER HUNDERT METER WEIT FLIEGEN KÖNNEN?

NA, DANN...

DAS WÄRE SCHWIERIG... KÖNNTEN WIR DOCH NUR »UNSICHTBARKEIT« ANWENDEN.

WENN WIR DIREKT ANGREIFEN, WERDEN WIR NUR ZU ZIELSCHEIBEN...

EINEN SCHILD?

... MÜSSEN WIR EBEN EINEN SCHILD ERSTELLEN, UM DIE ANGRIFFE ABZUWEHREN, ODER?

DIE MÖGLICHKEIT GAB ES ALSO NOCH...

WA HA HA!

WIR HABEN KEINE MATERIALIEN FÜR SO EINEN SCHILD!

WAS MEINST DU, ZARYUSU?

WENN WIR DIE HÄUSER ZERSTÖREN, SCHON!

DAS GEHT NICHT!

GEHT DAS?

WAR DAS ALLES?!

... WERDEN SICHER NICHT SO LEICHT AUFGEBEN...

ABER DIESE WESEN...

PLATSCH

BWOMM

GRINS

WOOOOH

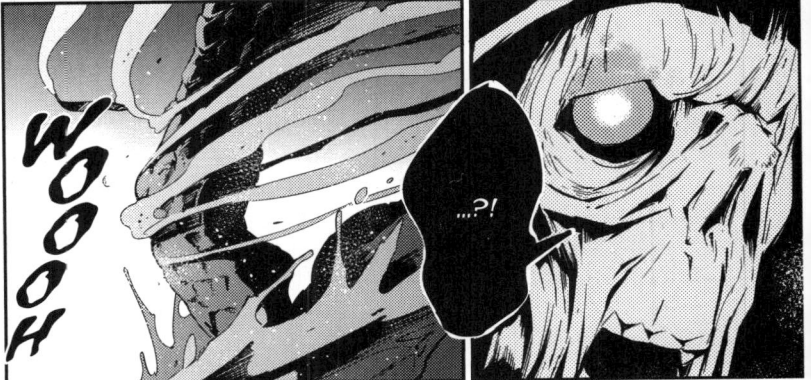

....?!

SO KENNT MAN HY-DRAS...

DIESE ART HAT EINE SCHNELLE SELBSTREGE-NERATION.

ABER MIT FEUER SOLLTE SIE NICHT UNBE-SIEGBAR SEIN!

DU TÖRICHTE BESTIE! GLAUBST DU WIRKLICH, DASS DU MEINER KRAFT GEWACHSEN BIST?!

STIRB!

QUIEK

B WOMM

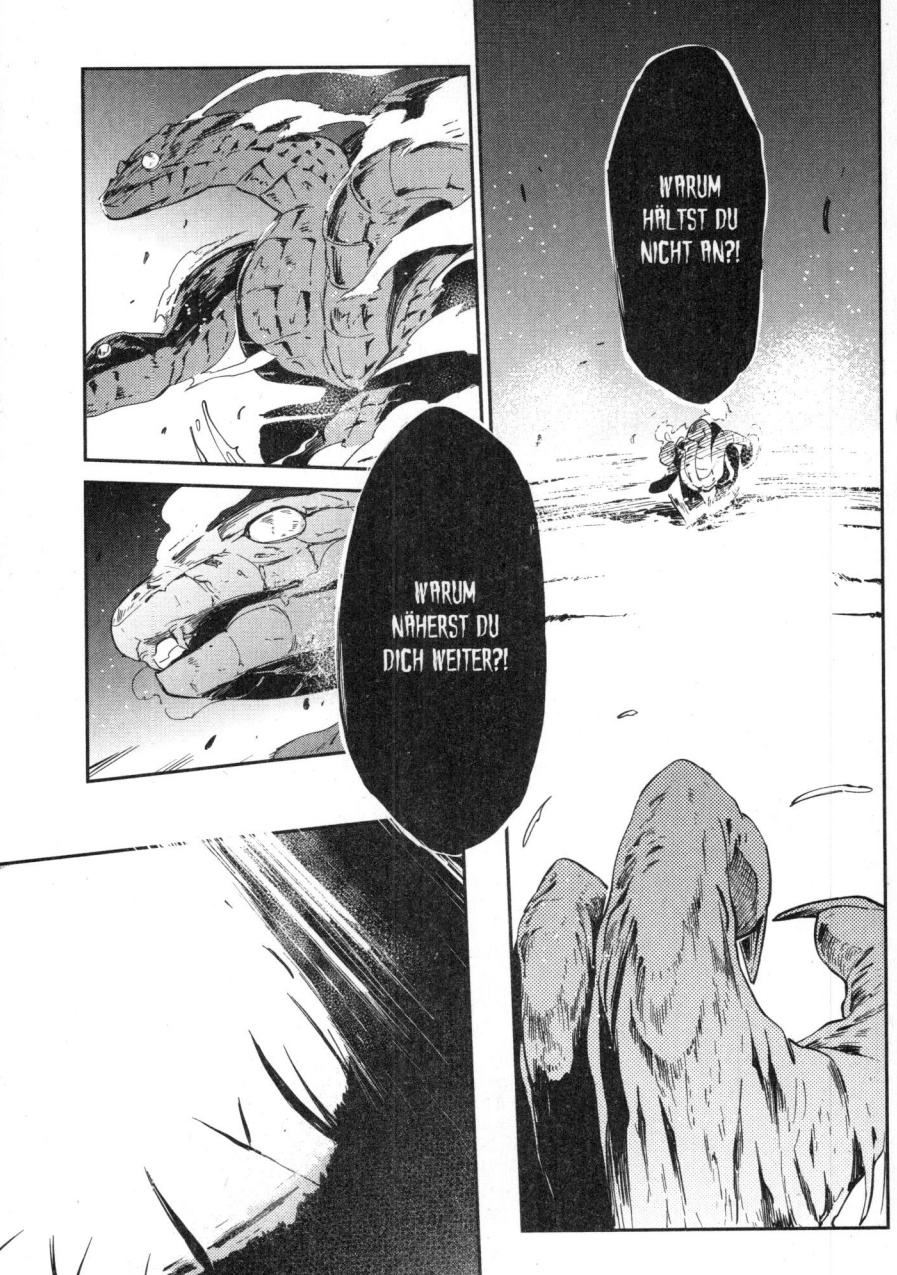

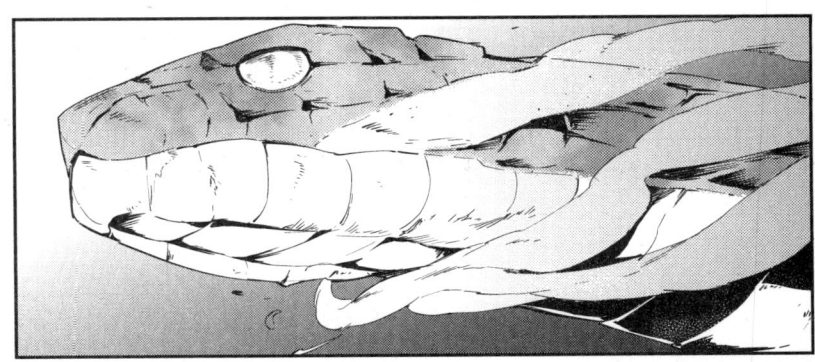

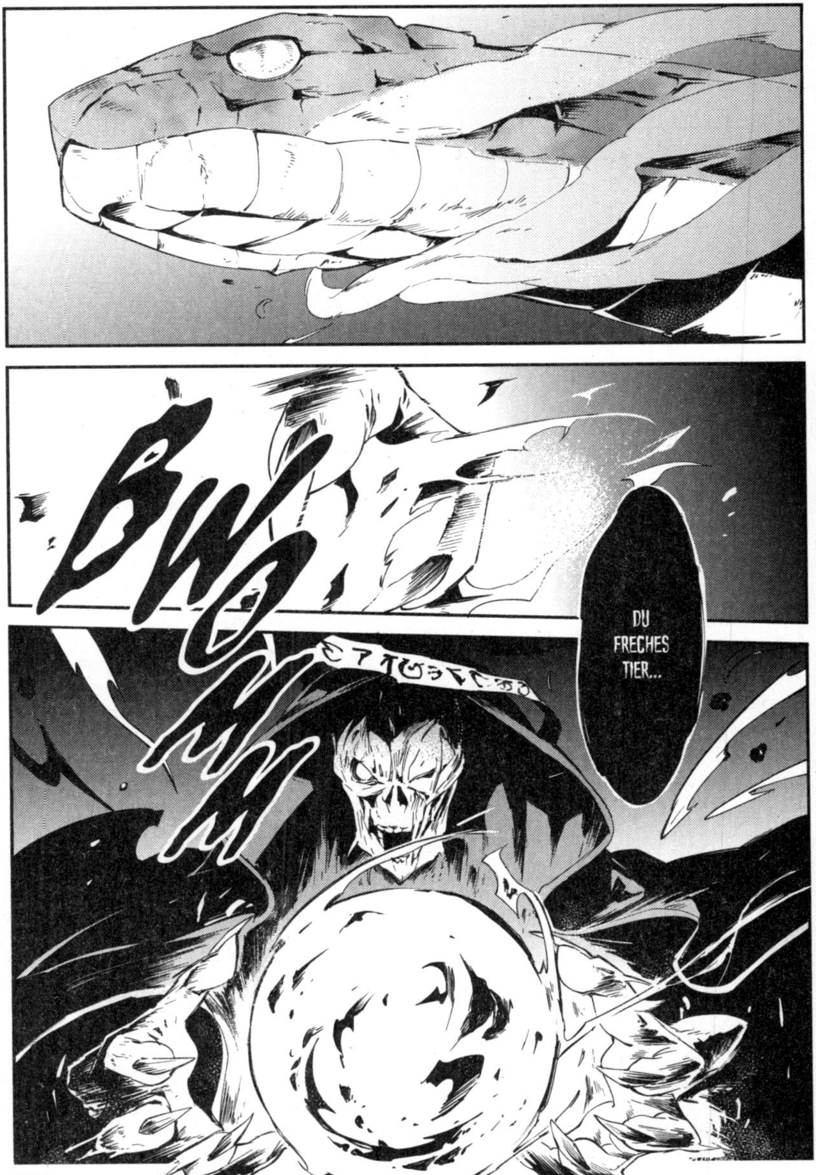

BWO

BOMMM

DU FRECHES TIER...

MEINE MAGIE WUR- DE VON DEM ERHABENEN ERSCHAF- FEN...

DAS SIND NUR ECH- SEN!

ER HAT MEINEN FEUERBALL AUFGEHAL- TEN?!

UNMÖGLICH!

NA DANN...

... ABER ICH KANN NICHT EINFACH GE- DANKENLOS FEUERBÄLLE WERFEN.

ICH GLAUBE NICHT, DASS ER DIESE STARKE FÄHIGKEIT MEHR- MALS EINSET- ZEN KANN...

FRESST MEINE BLITZE!

»BLITZ«!

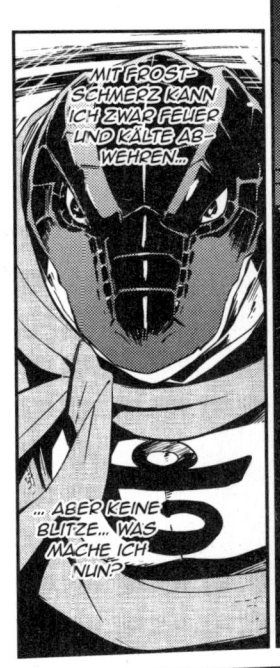

MIT FROST-SCHMERZ KANN ICH ZWAR FEUER UND KÄLTE AB-WEHREN...

... ABER KEINE BLITZE... WAS MACHE ICH NUN?

ÜBERLASS DAS MIR!

ZENBERU...

...

WGR

HA HA! DAS WAR GAR NICHTS!

IHR SEID DOCH KEINE NORMALEN ECHSEN, WAS?

ICH SEH SCHON...

»Untote beschwören — Klasse 4«!

SIE WERDEN...

... EIN GUTES MITTEL ABGEBEN, MEINE KRAFT ZU BEWEISEN!

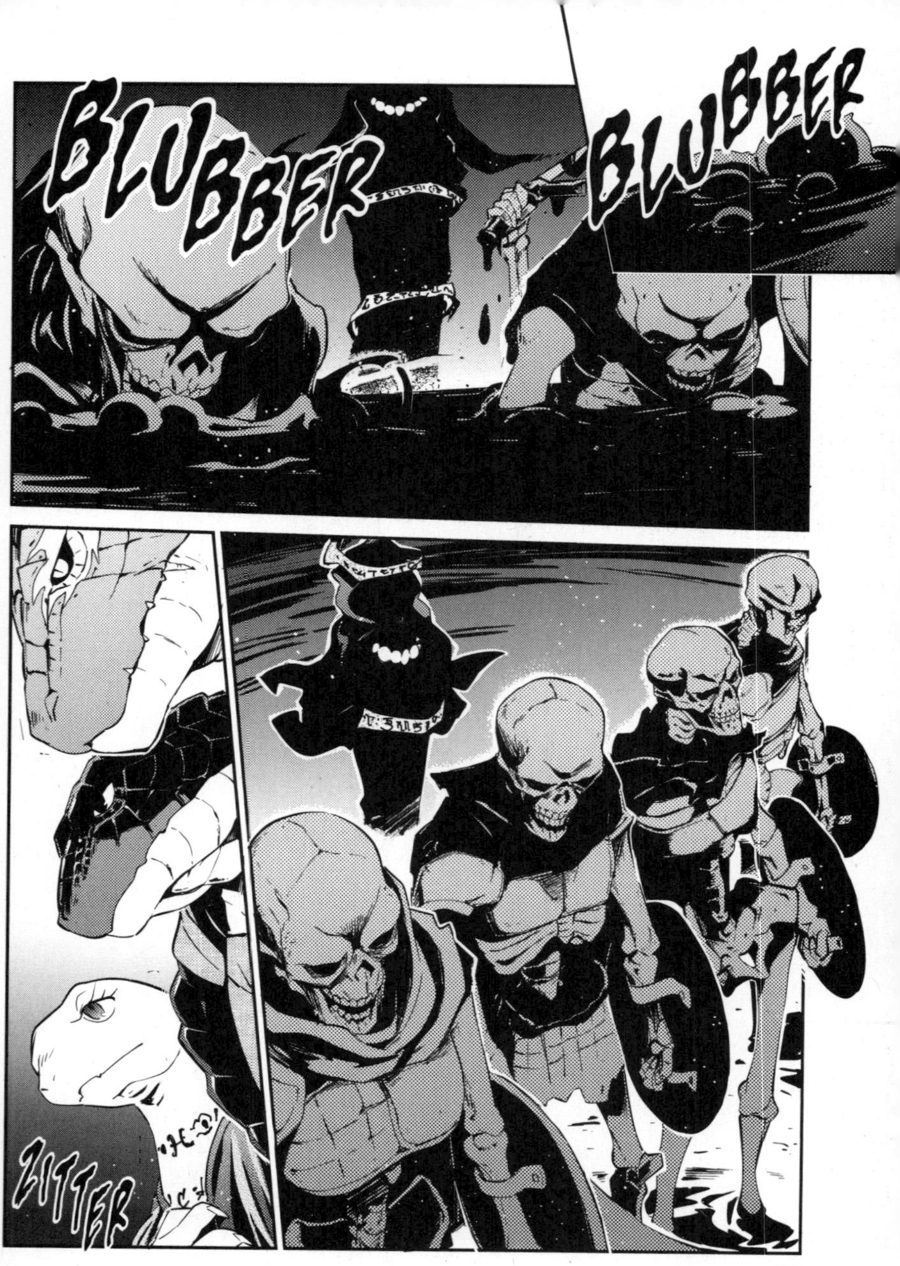
BLUBBER
BLUBBER
ZITTER

FATSCH

FATSCH

KEINE
ANGST...

WIR KÖN-
NEN DAS
SCHAFFEN!

HMPF!
DAS MACHT
RICHTIG
SPASS,
ODER?

RICHTIG,
ZARYUSU!

ICH BIN EIN AHNENLICH IM DIENSTE DES ERHABENEN...
ICH HEISSE IGUVA.
ERGEBT EUCH, UND ICH LASSE EUCH OHNE GROSSE SCHMER-ZEN STERBEN!
HA...
NIEMALS!!

BAMM

VORWÄRTS!
ZARYUSU!

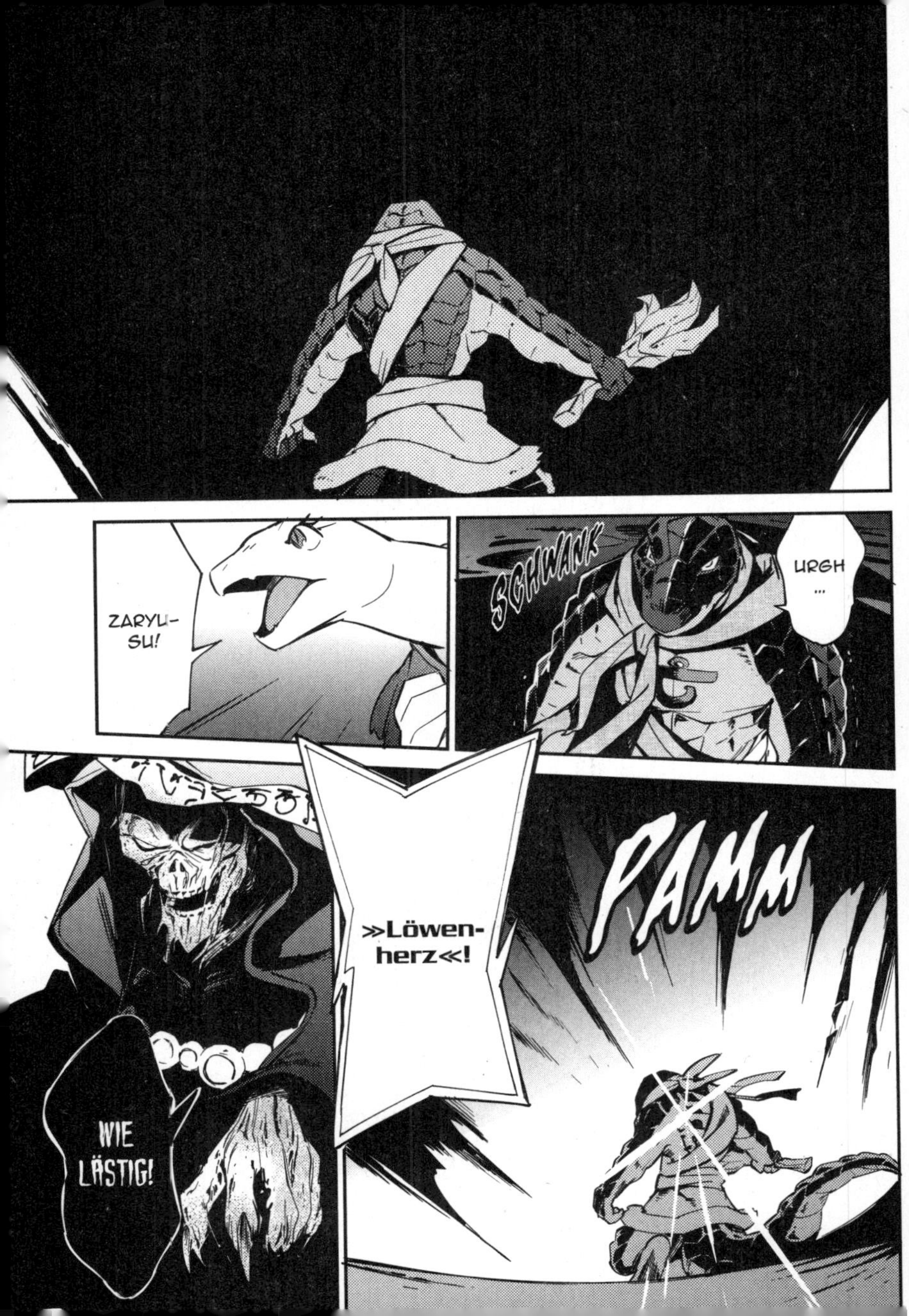
SCHWANK
URGH ...
ZARYU-SU!
PAMM
»Löwen-herz«!
WIE LÄSTIG!

CRUSCH...

BRZZL

»BLITZ«!

AAAAH!

KNIRSCH

JETZT...

...MUSS ICH MICH AUF DEN GEGNER KON- ZENTRIEREN!

BOMM

MM

»Ent-
zauberungs-
magie...

...
Magie-
Pfeil«

WAR
DAS
ETWA
SCHON
ALLES
?!

MMM

URGH... DU WAGST ES?! DU ECHSEN-GEWÜRM!

»Mittlere Wunden-heilung«!

POMM

PAMM

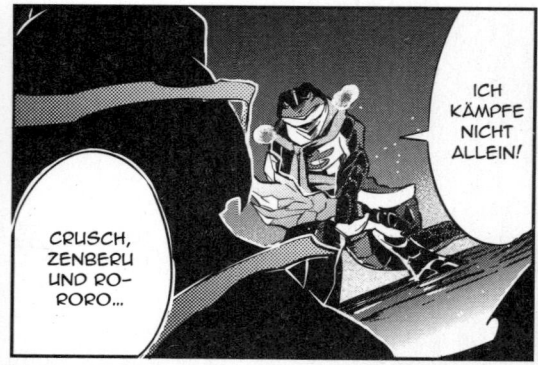

ICH KÄMPFE NICHT ALLEIN!

CRUSCH, ZENBERU UND RO-RORO...

DU ECHSEN-MENSCH...

DANK MEINER FREUNDE ...

... KANN ICH NICHT VERLIEREN!

SUPER!
DIE BEIDEN
ÜBERLASSE
ICH DIR!

»Mittlere
Wunden-
heilung«!

KEUCH

KEUCH

KEUCH

KEUCH

PLATSCH

ICH DARF...

... JETZT
NICHT DAS
BEWUSSTSEIN
VERLIEREN!

»Mittlere
Wunden-
heilung«!

WUMM

KEUCH

KEUCH

DAS WAR... NUMMER ZWEI!

PLATSCH

ICH WERDE ERST MAL KEINE SCHLAMM-KRABBEN MEHR ESSEN.

MUSS MICH BEI DER KRABBE BEDANKEN...

DANN BLEIBEN JETZT NOCH ZWEI...

MEIN SCHILD IST LANGSAM AUFGE-BRAUCHT...

HE, ZARYUSU!

DU BIST JA MIT WUNDEN ÜBERSÄT.

SCHLIM-MER ALS DAMALS, ALS ICH GEGEN DICH GEKÄMPFT HABE, WAS?

GANZ ALLEINE GEGEN EINEN AHNENLICH...

WAS FÜR EIN VERLÄSSLICHER KERL!

»MITLEIDE WUNDENHEILUNG!«

... ABER MACHT IMMER WEITER!

SIE HAT LÄNGST IHRE GRENZEN ÜBERSCHRITTEN...

UND CRUSCH AUCH...

HA!

DANN DARF ICH NICHT ALS ERSTER VON UNS BESIEGT WERDEN!

DRÜCK

IHR NERVT!

WOMM

ICH KANN DEN STARKEN RÜCKEN...

...DIESES COOLEN MÄNNCHENS NICHT SEHEN!

...

PLATSCH

SCHOCK

HECHEL

»Mittlere Wunden- heilung«!

KLECH

KLECH

DEN REST... ÜBERLASSEN WIR DIR!

HECHEL

ZARYUSU! ICH BIN AM ENDE!!

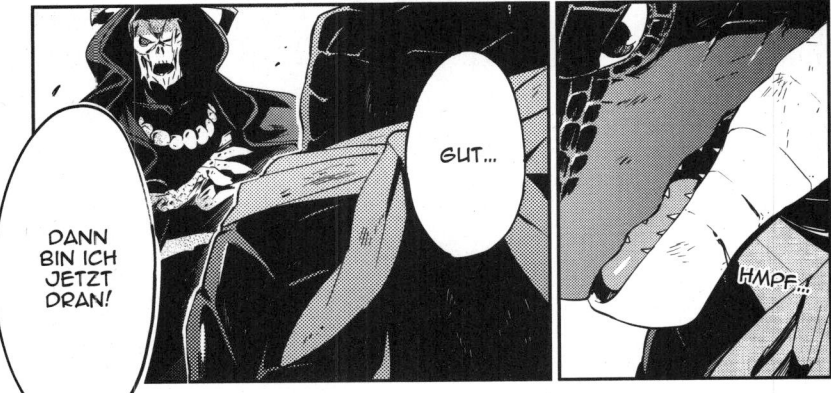

DANN BIN ICH JETZT DRAN!

GUT...

HMPF...

ALSO
ZIELT ER...

... AUF DIE
BEIDEN
HINTER
MIR!

GRINS

MIST!!

WOOOOH

FSSH

WUGCH

DIESE KRAFT KANN SELBST FEUERBÄLLE ABWEHREN.

ER KANN DIESE KÄLTE NICHT UN-BESCHADET ÜBERSTAN-DEN HABEN...

GUT, WO IST ER?

Hydras sind magische Bestien, die am Wasser nisten.

Aussehen

Hydras sind relativ große Wesen und können ausgewachsen über fünf
Meter lang werden. Sie besitzen bei Geburt acht, und ausgewachsen
zwölf Köpfe. (Hier wird von normalen Hydras gesprochen. Es gibt
auch Arten, die deutlich mehr Köpfe besitzen.) Ihre Haut besteht aus
dunkelbraunen Schuppen. Ihre Pupillen sind bernsteinfarben und wie
bei Schlangen von einer durchsichtigen Nickhaut umgeben. Doch im
Gegensatz zu Schlangen können Hydras ihre Augenlider schließen.

Eigenschaften

Passend zum großen Körper besitzen Hydras eine enorme Körperkraft. Darüber hinaus verfügen sie über Spezialfähigkeiten, die eine
schnelle Selbstheilung herbeiführen, weswegen ihnen einfache
Fleischwunden keinen tödlichen Schaden zufügen können. Verbrennt
man jedoch die Wunden, kann die Regeneration nicht einsetzen,
weswegen Angriffe mit Feuer gegen Hydras wirksam sind. (Unter
den polymorphen Figuren gibt es auch viele, die durch Kälteangriffe
unschädlich gemacht werden können.)
Im Ausgleich für ihre große Stärke, sind Hydras verhältnismäßig
dumm. Deswegen können selbst Personen, die gelernt haben, mit
magischen Monstern zu kommunizieren, einer Hydra nur schwer
Informationen vermitteln. Hydras sind Fleischfresser.

Nach der Geburt bleiben Hydras
einige Zeit in der Obhut ihrer
Eltern, von denen sie auf natür-
liche Art die Kunst des Jagens
erlernen.

Rororo

Im Gegensatz zu anderen Hydras
wurde Rororo nur mit vier Köpfen
geboren. Aus diesem Grund wurde
er von seinen Eltern verstoßen
und starb fast den Hungertod,
ohne gelernt zu haben, wie man
jagt. Doch Zaryusu nahm ihn auf
und zog ihn groß. Für Rororo ist
Zaryusu Lebensretter, Familie und
Kindheitsfreund in einem.
Da Rororo Zaryusu vollkommen
vertraut, würde er selbst sein ei-
genes Leben in Gefahr bringen,
um Zaryusus Pläne mit ganzer
Kraft umzusetzen.

✧ Alltag der Pleiaden

SALU **TIER**

ICH HEISSE YURI ALPHA...

MEINE WENIGKEIT... NEIN...

ICH BIN DIE STELLVERTRETERIN DER PLEIADEN!

ICH BIN EINE SCHÖNE UND TREUE DIENERIN.

VON KAFFEE UND KUCHEN BIS HIN ZUM MEUCHELMORDEN.

ICH BIN KÄMPFERIN UND ZUGLEICH MAID...

ICH BIN MAID UND ZUGLEICH KÄMPFERIN.

POMM POMM

RUMS

HEUTE MUSS ICH DIE UMGEBUNG VON NAZARICK BEWACHEN...

... UND MEISTER COCYTUS ZUR HAND...

DAS BESCHÄFTIGT MICH...

DONNER

Special Episode
OVERLORD

MEISTER COCYTUS SCHEINT AM SCHMIEDEN ZU SEIN.

ÄHM...
... UND MEISTER COCYTUS ZUR HAND GEHEN...

...

ICH DARF DAS SCHMIEDEN NICHT VER- NACHLÄSSI- GEN...

... ABER...

DAS LEBEN EINES KRIEGERS HÄNGT VON SEINER AUSRÜS- TUNG AB.

MEISTER COCYTUS!! WAS IST LOS?!

... ICH...

... WILL LIEBER KÄMPFEN!

HM...

...

E...ES IST GAR NICHTS!

BERUHIGE DICH... ES IST SCHLIESSLICH MEINE AUFGABE, NAZARICK ZU BESCHÜTZEN...

KNACK

ENTOMA, KOMMST DU MAL EBEN?

...?

KNACK KNACK

MEISTER COCYTUS!

PAUSE

...

SIE KÖNNEN GERNE AN MIR TRAINIEREN! ♥

EIN ECHTER KAMPF IST DAS BESTE TRAI— NING!

BO

MM

ICH WERDE MICH NICHT ZURÜCK— HALTEN!

HMPF

KAGING

DAFÜR STEHEN DIE PLEIADEN JEDERZEIT BEREIT!

VON KAFFEE UND KUCHEN BIS HIN ZUM MEUCHEL— MORDEN...

✦Jobben während des Alltags✦

Solution

CZ

GANZ GENAU!

SCHLÜRF

ETWA...

... GELD?!

DOCH HIER IN NAZA-RICK HABEN WIR KEINE WÄHRUNGEN, DIE VON DEN MENSCHEN BENUTZT WERDEN...

DES-WEGEN...

FÜRST AINZ UND NARBERAL ERKUNDEN GERADE DIE SIEDLUNG DER MENSCHEN, ABER...

... FÜR DEN HAN-DEL MIT MENSCHEN BRAUCHT MAN AUF JEDEN FALL »GELD«!

ABER WIR KENNEN UNS MIT MENSCHEN KAUM AUS...

SO EINFACH IST DAS NICHT...

AUFBLITZ

... WERDEN WIR UNSE-RE KRÄFTE NUTZEN UND GELD SAM-MELN.

DAS WERDEN WIR ALLEIN FÜR FÜRST AINZ TUN.

FÜRST AINZ HASST NICHTS MEHR, ALS SICH AUFFÄLLIG ZU VERHALTEN...

WÜRDEN WIR TEURE SCHÄTZE VERKAUFEN...

... WÜRDEN SICH DARÜBER BESTIMMT GERÜCHTE VERBREITEN, ODER?

WENN ICH DIE SCHÄTZE MEINES DOKTORS VERKAUFE...

... SIND WIR SCHLAGARTIG REICH...

SCHLEPPER

WENN DAS SO IST...

HMPF...

GROSSE SCHWESTER!

DAS... SIND DOCH NUR DEINE ESSENSRESTE, ODER?

WER WÜRDE DAS KAUFEN WOLLEN?

BLUBBER

... KÖNNEN WIR DOCH DIE HIER VERKAUFEN, ODER?

CHING

156

HM? IST IRGENDWAS, MEISTER DEMIURG?

VERSCHWUNDEN

ÄHEM...

HM...

?

NICHTS... NUR SCHEINEN IRGENDWIE LEICHEN DER SONNEN-LICHT-SCHRIFT ZU FEHLEN...

FATSCH

DU DUMMES GÖR!

ES TUT MIR SO LEID!

WIE ERWAR-TET...

FATSCH

FATSCH

FATSCH

HE HE...

◇ Modischer Alltag

EINE PARTY?!

GENAU.

TADAH

GROSSER EMPFANG FÜR UNSEREN GELIEBTEN FÜRSTEN AINZ

WILLKOMMEN DAHEIM!

FÜRST AINZ IST SICHER VON SEINEN VIELEN REISEN ERSCHÖPFT ...

DESWEGEN MÖCHTE ICH EINE PARTY FÜR IHN VORBEREITEN, UM IHN ZU BEGRÜSSEN!

HE HE HE...

SCHÖN UND GUT, ABER ICH...

... HAB NICHTS ANZUZIEHEN!

KEIN PROBLEM!

WÄR SOWIESO ZU VIEL AUFWAND FÜR MICH...

DU KANNST
DIR EINS
AUSSUCHEN...

WOSCH

...

DIE SIND
DOCH
ALLE
GLEICH!

WIE
GEFÄLLT
IHNEN
DIESES
HIER?

VERBEUG

UND
IHR HELFT
IHR DABEI,
ES ANZU-
PASSEN!

JA-
WOHL.

DIE PLEIADEN HABEN NUR LANGWEILIGES ZEUG VORBEREITET...

KNACK

ALLES WIE GEPLANT...

TADA

DAH

WENN ICH DIESES KLEID TRAGE, AN DEM ICH ACHT MONATE GENÄHT HABE...

... DANN BIN ICH DER STAR DER PARTY!!

PLUMPS

POLTER?

H... HÖRT BITTE AUF!

DU BIST DIE SCHÖNSTE VON ALLEN!

TRÄUM

KE HE HE HE HE HE

EIN PERFEKTER PLAN!

162

Entoma von den Pleiaden kann nicht nur Insekten lenken, sondern verfügt auch über Siegelfähigkeiten. Zwar haben ein Großteil ihrer Siegel magische Effekte, aber sie kann damit auch Magien verstärken oder die Siegel in andere Formen verwandeln. Erst wenn man es am eigenen Leib erfahren hat, weiß man, welche Siegel ein Gegner parat hält.

Siegelfähigkeiten

Beispiele für Siegelfähigkeiten

- Spinnensiegel
  Das Siegel verwandelt sich in eine gewaltige Spinne, sobald es den Boden berührt. Die Stärke der Spinne entspricht einer Beschwörung von »Monster beschwören – Klasse 3«, was zwar nicht besonders stark ist, aber dennoch reicht, um sich ein wenig Zeit zu verschaffen und die Stärke des Gegners einzuschätzen.

  Als Insektenbändigerin kann Entoma zwar auch Insekten beschwören, aber das kostet viel Zeit. Daher ist das Spinnensiegel praktisch, um in Sekundenschnelle eine Riesenspinne herbeizurufen.

- Siegel zur Selbststärkung
  Entoma ist eigentlich keine Kampfmaid, sondern übernimmt eher unterstützende Aufgaben. Sollte sie aber dennoch an einem Kampf teilnehmen müssen, kann sie ihren Körper von Insekten umhüllen lassen, um ihre Kampfkraft zu steigern. Währenddessen wendet sie auch Siegelfähigkeiten an, um ihre Statuswerte zu steigern. Dafür sind Selbststärkungssiegel praktisch, die aktiviert werden, wenn sie an ihren Körper geklebt werden.

- Blitzvogelsiegel
  Dieses Siegel verwandelt sich in einen Vogel aus bläulichen Blitzen und wird auf ein Ziel geschleudert. Der Vogel erzeugt einen Lichtblitz und fügt dem Ziel Blitzschaden zu.
- Blitzvogelschwarmsiegel
  Während das Blitzvogelsiegel nur auf ein Einzelziel gerichtet werden kann, wird mit diesem Siegel ein kleiner Blitzvogelschwarm erzeugt, der einen ganzen Bereich angreifen kann.
- Explosionssiegel
  Dieses Siegel erzeugt eine heftige Explosion, die stark genug ist, das Ziel fortzuschleudern.
- Schnittsiegel
  Dieses Siegel erzeugt Schnittwunden.
- Windstoßsiegel
  Dieses Siegel erzeugt eine Windhose.

Wir behalten uns die Nutzung unserer Inhalte für Text- und Data-Mining
im Sinne von § 44b UrhG ausdrücklich vor.

CARLSEN MANGA

© 2018 Carlsen Verlag GmbH, Völckersstraße 14-20, 22765 Hamburg

Aus dem Japanischen von Lasse Christian Christiansen

OVERLORD volume 6

©Hugin MIYAMA 2016

©Satoshi OSHIO 2016

©2012 Kugane Maruyama

First published in Japan in 2016 by KADOKAWA CORPORATION, Tokyo.

German translation rights arranged with KADOKAWA CORPORATION, Tokyo
through TOHAN CORPORATION, Tokyo.

Redaktion: Britta Hellwig

Textbearbeitung: Steffen Haubner

Herstellung: Björn Liebchen

Alle deutschen Rechte vorbehalten

ISBN: 978-3-551-74179-0

Carlsen Manga! News – jeden Monat neu per E-Mail!

www.carlsenmanga.de

www.carlsen.de